EPITRE

A Monsieur D........,

MAÎTRE DES REQUÊTES,

ADMINISTRATEUR DES DROITS RÉUNIS.

PARIS,

DE L'IMPRIMERIE DE HOCQUET.

1820.

EPITRE

A M. D.........

Maître des requêtes et Administrateur des Droits-Réunis.

« Les écrits des philosophes anciens et modernes , sur
» le souverain bien, ne contenant que des contradic-
» tions et des incertitudes, l'auteur fait l'analyse de
» plusieurs opinions de ces philosophes , et en tire
» cette vérité ; que l'homme toujours ignorant, faible
» et inconstant , doit, par sa piété et ses vertus, mériter
» le bonheur qu'il désire , et qu'il ne peut obtenir que
» de Dieu seul. »

Vous m'êtes toujours cher, mon ancien Mécène,
Vous, dont l'heureux génie est vanté sur la scène
D'un monde où j'admirais, dans mon obscurité,
Vos précieux talens et votre intégrité.
Près de vous j'acquérais esprit, raison, science,
Et j'étais animé par la reconnaissance
Que dans mon cœur sensible imprimaient vos bontés,
Soutien consolateur dans mes adversités.

Si j'ai de la fortune essuyé les caprices,
Si j'ai vu le pouvoir faire des injustices,
Je ne veux point me plaindre, exhaler des regrets,
Critiquer ni médire en faisant des portraits.
Ne voulant pas fronder, ne puis-je pas écrire,
Sans mêler à mes vers le fiel de la satire ;
Sans consacrer ma plume et mes heureux loisirs
A décrire les maux et tous les déplaisirs

Qui tourmentent souvent notre vie incertaine,
Sujète à mille soins, aux chagrins, à la peine,
Aux coups inattendus d'un destin rigoureux,
Surtout aux trahisons des lâches envieux.
Le sort qui m'a frappé m'avait paru funeste;
Mais le tems, ou plutôt une grâce céleste,
A calmé mon esprit et mes afflictions,
A su me consoler par ces réflexions.

L'homme sage est heureux dans une humble retraite,
Lorsque, privé des biens qu'un vain monde souhaite,
Il possède un cœur pur, le repos, la santé,
Et sait goûter en paix la médiocrité.
Si, libre et satisfait, il est exempt d'envie,
Si des liens sacrés embellissent sa vie,
Lui donnent les plaisirs de l'amour paternel,
Il sent que le bonheur nous vient de l'Éternel;
Mais combien de mortels, à cet état tranquille,
Préfèrent la richesse et le faste futile,
L'éclat, les voluptés, les frivoles honneurs,
Ornemens de l'orgueil, fol espoir des flatteurs!
S'ils se lassent des soins et de l'inquiétude
Que donne une brillante et triste servitude;
Ou, si chargés d'ennuis par l'abus des plaisirs,
Ils corrigent leurs mœurs, forment d'autres désirs,
On les voit quelquefois du tumulte s'exclure,
Fuir la ville et la cour pour aimer la nature,
D'un monde corrupteur éviter le poison,
Couler des jours plus doux, épurer leur raison;
Et pour remplir le cours de leur nouvelle vie,
Ils lisent les écrits de la philosophie,
Espérant y trouver les alimens du cœur,
Et la route qui mène au solide bonheur.

Ils pensent follement qu'un sage se gouverne
Sur la philosophie ancienne ou moderne ;
Que des livres savans, qu'admirent les humains,
Donnent, pour être heureux, des principes certains ;
Mais bientôt leur esprit, dont le doute s'empare,
Creusant trop ces écrits, se déprave et s'égare ;
De leurs réflexions, qui troublent leurs repos,
Sort, pour les tourmenter, une source de maux,
D'autant plus dangereux, qu'ils attaquent leur ame,
Que l'avenir effraie et que l'étude enflamme.

Sur la félicité combien d'opinions,
De grands raisonnemens, de contradictions,
De préceptes divers, de différens systèmes,
Que l'on peut appeler de stériles problèmes,
Dont l'assemblage n'est qu'un dédale profond
Où l'esprit le plus fort se perd et se confond !..

Parmi les Anciens, dont les œuvres fameuses
Nous tracent du bonheur des routes si nombreuses,
On distingue, on admire et Socrate et Platon,
Aristote, Solon, Sénèque et Cicéron.
On a vu sur le trône Antonin, Marc-Aurèle,
Mériter par leurs lois une gloire éternelle ;
Philosophes et Rois, leur vertu, leur bonté,
Maintenaient leurs sujets dans la sécurité.
Si de ces Empereurs la mémoire est chérie,
Il est encor des noms exempts de flatterie,
Qui, grands par des vertus, de hautes qualités,
Mériteront toujours l'honneur d'être cités.
Ils sont environnés de la durable gloire
Que décerne aux héros la véridique histoire.

Des hommes ont écrit, ils ne pouvaient qu'errer ;
Et dans d'obscurs discours ils devaient s'égarer.
En donnant du bonheur des routes différentes,
Ils nous font souvenir des paroles plaisantes
De ce spirituel et railleur Lucien,
Qui, voulant s'éclairer sur le souverain bien,
Disait : tant de leçons me jètent dans le doute ;
Embarrassé, je trouve un guide à chaque route,
Qui me dit de le suivre avec sécurité,
Que sa route conduit à la félicité,
Que les autres chemins ne sont pas véritables,
Qu'ils sont trop mal tracés pour être praticables.

Cette plaisanterie est un trait de bon sens ;
Car comment accorder les divers sentimens
Des anciens auteurs, des savans et des sages,
Dont la critique a dû discuter les ouvrages.
Si l'on en croit les uns, la douce volupté,
Les honnêtes plaisirs, font la félicité ;
Surtout si l'on y joint la molle insouciance,
La santé, le repos, la molle tempérance.

A cette oisiveté des Épicuriens,
Devons-nous préférer des durs Stoïciens
Les rigides vertus, les maximes austères,
Et les principes faux, à la raison contraires ?
Sans doute, tout mortel doit, sans cupidité,
Pratiquer les vertus, vivre pour l'équité :
Mais du Stoïcien les préceptes étranges
Veulent que les humains détestent les louanges,
Préfèrent aux honneurs, la paix, l'obscurité,
Reconnaissent les lois de la fatalité.

Qu'ils sachent supporter les plus fâcheux dommages,
Les peines, les tourmens, du sort tous les outrages,
Sans éprouver jamais les moindres passions,
Sans être gouvernés par des affections.

L'illustre Montesquieu, cet immortel génie,
Nous a dit que Zénon, par sa philosophie,
A fondé les vertus qui font des souverains
Philosophes et grands, tels que les Antonins ;
Mais d'autres bons auteurs, à cet avis contraires,
Ont dit que ces vertus ne sont qu'imaginaires ;
Que Zénon est semblable à ces législateurs,
Dont les sévères lois contiennent des rigueurs
Convenables pour eux, mais qui sont inutiles
A des peuples soumis, éclairés et dociles.
Si le pur Stoïcisme eut quelques partisans,
La raison a fixé les divers sentimens.
Nos usages, nos lois, reprouvent un système
Qui dans l'oubli des sens met le bonheur suprême.
Cette secte voulait des abnégations,
Et répandait encor d'autres opinions
Sur la fatalité, sur l'essence de l'ame,
Sur le monde animé par la céleste flamme,
Sur le bien et le mal, les cœurs droits et pervers,
Utiles, dit Zénon, à ce vaste univers.
Enfin pour renverser l'appui de la morale,
Pour le bon, le méchant, l'autre vie est égale ;
Elle est sans récompense, elle est sans châtimens,
Le destin règle seul tous les événemens.

Si nous examinons l'école du Cynisme,
Celle de l'incertain et triste Pyrrhonisme ·
Dans l'une est l'impudence, et dans l'autre est l'erreur :
Nous n'y voyons pas plus le chemin du bonheu

Des philosophes vrais ont pourtant, dans la Grèce,
Par leurs belles leçons enseigné la sagesse,
Fait aimer la patrie et la gloire et l'honneur,
Et toutes les vertus que pratique un grand cœur.
Ces hommes admirés et qui, par leur génie,
Furent les fondateurs de la philosophie,
De celle qui disait qu'un mortel est heureux,
Lorsqu'il vit pour chérir et ses lois et ses Dieux :
Ces Sages, que toujours avec plaisir on nomme,
Eurent quelques rivaux dans l'ancienne Rome.
Ces émules de gloire, aimant la vérité,
De même ont raisonné sur la félicité ;
Mais leurs doctes écrits, leurs profondes études,
Ne renferment aussi que des incertitudes.

Dans les siècles derniers, de célèbres auteurs,
Des poètes brillans et de profonds penseurs,
Ayant reçu du ciel le flambeau du génie,
Se rendirent fameux par leur philosophie ;
Mais on vit des écrits offenser la raison,
De l'incrédulité répandre le poison.
Nous devons déplorer la funeste science,
Les principes pervers, la perfide éloquence
De ceux de ces auteurs qui, du souverain bien,
Prétendant indiquer la source et le lien,
Voulaient anéantir la foi théologale,
Détruire des Chrétiens la divine morale,
Égarer les humains, en ôtant de leur cœur
D'un céleste avenir l'espoir consolateur.
C'était peu d'adopter l'ancien Pyrrhonisme,
On vit des écrivains professer l'athéisme ;
Annoncer, publier, dans leur perversité,
Que toute la nature est sans Divinité ;

Que le hasard nous donne et la mort et la vie;
Qu'il produit la sagesse et la haine et l'envie,
Les crimes, les vertus, et le bien et le mal,
L'inceste, l'adultère et l'amour conjugal,
Les êtres animés, l'insensible matière,
La végétation, la nuit et la lumière.

O malheureux auteurs! vos dangereux écrits
Ont des sages mortels mérité les mépris.
Ils n'ont pu dans nos cœurs éteindre l'espérance,
Ce sentiment donné par cette providence
Qu'attestent sa grandeur et ses bienfaits divers,
Ce Dieu juste et clément qui créa l'univers,
Qui gouverne toujours son admirable ouvrage,
Et ne veut de nos cœurs qu'un pur et tendre hommage.
Les meilleurs écrivains, cherchant la vérité,
Ont répandu l'erreur, produit l'obscurité.
Les uns, interprétant les divins évangiles,
Ont du doute infecté leurs ouvrages utiles.
Les autres, s'érigeant en grands réformateurs,
Contre la loi du Christ exhalant leurs fureurs,
Ont ridiculisé les saintes écritures,
Par de honteux écrits et des œuvres impures,
De la loi naturelle ils ont vanté les biens,
Afin d'anéantir tous les dogmes chrétiens;
Et de les remplacer par le simple déisme,
Système irréfléchi d'un faux philosophisme,
D'autant plus dangereux, qu'il peut aux nations
Inspirer du mépris pour leurs religions,
Égarer les esprits, troubler les consciences,
Affaiblir le respect que l'on doit aux puissances,
Aux utiles leçons des ministres des Dieux,
Aux fondateurs des lois et des dogmes pieux.

On ne peut pénétrer la sagesse profonde,
Les jugemens secrets du souverain du monde ;
Le Chrétien philosophe, admirant sa bonté,
Pense que tout mortel sert la Divinité,
Si, demeurant fidèle au culte de ses pères,
Il aime sa patrie et ses lois tutélaires,
Si, toujours sans orgueil, il unit dans son cœur,
A l'amour de son Dieu la justice et l'honneur,
La tendre humanité, la douce tolérance,
La pureté des mœurs, l'active bienfaisance.

Il est un philosophe en qui l'amour du bien
Forme avec les talens un solide lien ;
Dont les piquans écrits et la philosophie
Plaisent dans tous les tems, et charment notre vie.
Un auteur ingénu que l'on doit admirer,
Parce qu'il ne voulut jamais nous égarer,
Et dont la bonne foi, la gaîté, la franchise,
Excusent son esprit de plus d'une méprise.
Cet auteur est Montaigne : il dit que l'homme heu
Est celui qui n'a point le cœur ambitieux ;
Qui, libre de tous soins, exempt de servitude,
Jouit de la santé dans une solitude ;
Qui met tout son espoir, sa consolation,
Dans l'avenir promis par la religion.
Montaigne dit aussi qu'un véritable sage
Peut jouir des plaisirs, des fruits du mariage,
Pourvu qu'avec les siens il reste indépendant,
Et que rien sur son cœur ne prenne d'ascendant ;
Qu'il doit trouver en lui toujours l'indifférence,
Pour jouir constamment d'une libre existence.
Que dans sa solitude il doit penser, aigr,
Vivre dans la gaîté, s'occuper, discourir,

Comme s'il n'avait point ni d'enfans, ni d'épouse,
Afin de maîtriser la fortune jalouse,
De supporter ses coups et la braver un jour,
S'il perdait sa famille et ses biens sans retour.

D'un être personnel c'est faire la peinture,
Et ne voir le bonheur que hors de la nature.
Le sage qui ne vit que pour la liberté,
Dans les nœuds de l'hymen s'il se trouve arrêté,
A des affections, jouit d'une existence
Qui malgré lui l'arrache à cette insouciance
Que Montaigne prétend être pour l'homme un bien,
Mais qui n'existe pas dans un sacré lien,
Où le cœur le plus froid et le plus inflexible
Ne peut que s'émouvoir et devenir sensible
A l'amitié sincère, aux doux embrassemens
D'une tendre compagne et d'aimables enfans.
En vain un philosophe affecte d'être austère;
Il s'émeut, il sourit aussitôt qu'il est père;
Il veille sur les siens qui s'occupent de lui;
Il pense à leur bonheur, veut être leur appui.
Malgré quelques soucis, la peine inévitable,
Attachés à l'hymen, son joug paraît aimable;
Le sentiment dommande, et tous les soins sont doux
Pour l'homme devenu bon père et tendre époux.

Il est d'autres auteurs dont la philosophie
Donne les fondemens du bonheur de la vie.
Les uns font consister notre félicité
Dans le froid célibat, l'entière liberté,
Dans l'oubli des grandeurs, l'étude de soi-même
Surtou t dans la vertu, le seul bonheur suprêm·

Les autres, plus mondains, ont cette opinion
Qu'il faut joindre aux plaisirs la modération,

Commander à ses goûts, pratiquer la science,
Se livrer à l'amour, en usant de prudence,
Cultiver l'amitié, chérir aussi les arts,
Eviter de l'hymen le joug et les hasards,
Voilà quelques leçons de cet Epicurisme
Qui, corrompant les mœurs, étouffe l'héroïsme.

Mais c'est asser citer; c'est assez discourir, |
Puisqu'entre tant d'écrits nous ne pouvons choisir;
Qu'il ne résulte enfin de profondes études
Que peu de vérités, que des incertitudes
Sur l'univers, sur l'homme et sur le vrai lien
De la saine morale et du souverain bien.
Méditer les écrits de la philosophie
Pour trouver le bonheur, n'est donc qu'une folie.
Ces écrits, ces discours sont tous sans résultats :
Dieu seul protége, élève et détruit les Etats,
Donne à tous les humains dispersés sur la terre,
Le pouvoir d'exercer les vertus qu'on révère;
La bonté, la justice, et cette charité,
Lien pur et sacré de la société.
Ces célestes vertus répandent sur la vie
Une félicité, dont la philosophie
Prétend par ses leçons indiquer les chemins,
Lorsque c'est l'Eternel qui règle nos destins,
Dispense tous les biens, les peines, l'indigence,
Et nous appèle à lui toujours par l'espérance.

Si nous reconnaissons dans d'illustres auteurs
Des contradictions, de funestes erreurs,
De tant d'opinions que devons-nous conclure ?
Que l'homme est imparfait et faible créature;
Que s'il a des talens, des vertus, un bon cœur,
Il doit tous ces bienfaits au divin Créateur;

Que s'il possède encor de hautes connaissances,
Et le don d'enseigner différentes sciences,
Il n'appartient toujours qu'à la Divinité
De nous faire jouir de la félicité.
Ainsi, pour nous guider, les sciences humaines
Ayant toujours tracé des routes incertaines,
Nous ne pouvons fonder le bonheur de nos jours
Sur des opinions et d'éloquens discours :
Bonheur que des savans, créateurs de systèmes,
Tout en philosophant, n'éprouvaient pas eux-mêmes.

L'homme peut acquérir, par l'éducation,
Une étude attentive, et l'application,
Des talens précieux, la morale et l'histoire,
Et tous les arts brillans qui mènent à la gloire ;
Mais malgré nos efforts et notre vanité,
Il n'en est pas ainsi de la félicité.
Nous la desirons tous ; peu d'êtres la possèdent.
On l'obtient, elle fuit, les malheurs lui succèdent.
On voit des malheureux ne l'obtenir jamais,
Et n'être consolés que par quelques bienfaits.

Disons que de grands biens, une illustre naissance,
Les honneurs, les plaisirs, l'esprit et la science,
L'exercice des arts, la santé, le repos,
Et des jours fortunés, exempts de tous les maux,
Peuvent bien du bonheur établir le système ;
Mais ne sont pas souvent la félicité même.

Si nous réfléchissons sur l'instabilité
De nos affections, de notre volonté,
Sur la mobilité de l'état de notre ame,
Qu'un chagrin désespère, ou qu'un desir enflamme,
Nous sommes convaincus que, toujours incertain,
L'homme le plus heureux veut un meilleur destin ;

Que même possédant les biens de l'opulence,
Il en desire encor, ou vit dans l'indolence.
Ayant son libre arbitre, il a la faculté
De vivre vertueux, d'aimer la vérité;
Mais abusant des dons du Dieu de la nature,
Il se donne des maux, il se plaint et murmure,
Avide de fortune, et toujours inégal,
Il flotte entre l'erreur, et le bien et le mal;
Des vives passions il épuise l'ivresse :
Il veut tous les plaisirs, et vante la sagesse.

Il n'est donc que trop vrai que l'homme n'est né
Pour être constamment tranquille et fortuné.
Qu'il y a des malheurs et des peines affreuses
Qui peuvent déchirer des ames courageuses ;
Qu'il est des maux cruels, de mortels déplaisirs,
Que le tems peut calmer, mais dont les souvenirs
Eloignant à jamais l'espérance flatteuse,
Trouble toujours la vie et la rend malheureuse.

Contre l'ordre éternel cessons de murmurer,
Puisque nos jugemens peuvent nous égarer
En approfondissant les effets et les causes,
Et les œuvres d'un Dieu qui créa toutes choses.
En silence adorons l'auteur de l'univers,
Recevons humblement les biens et les revers.
Lorsque nous ne pouvons nous connaître nous-mêmes,
La science orgueilleuse enfante des systêmes,
Et prétend, follement, dans sa témérité,
Expliquer la nature et son immensité.
Nous comprendre les cieux ! comprenons-nous la terre
Ses variations, celles de l'atmosphère,
Les effets ravissans de la fertilité,
Et le triste tableau de la stérilité;

Les mers, toutes les eaux qui sans cesse circulent,
Les terribles volcans où les feux s'accumulent,
Les inondations, les fréquens tremblemens,
Tonnerres souterrains animés par les vents :
Enfin les ouragans, les affreuses tempêtes,
Qui nous glacent d'effroi, s'agitant sur nos têtes !
Un pouvoir inconnu produit ces mouvemens ;
Et nous reconnaissons dans ces événemens
De nos rapides jours les fidèles images,
Et de nos faibles cœurs les maux et les orages.

Ah ! tout s'évanouit ! la gloire, la grandeur,
Et nous ne pouvons pas fixer notre bonheur ;
Car la félicité dépend d'une puissance
Qui l'accorde souvent à la simple ignorance.
S'il est une faveur pour le mortel bien né,
Qui jouit dans la paix d'un destin fortuné,
Qui, rempli de talens, sait par la bienfaisance
Secourir le malheur, soulager l'indigence,
C'est de pouvoir toujours régler ses sentimens,
Toutes ses actions, d'après les élémens,
Imprimés dans son cœur, dès sa tendre jeunesse,
Pour exercer le bien, vivre dans la sagesse.

Mais s'il est évident que d'illustres auteurs,
Voulant nous éclairer, ont transmis des erreurs ;
Pouvons-nous méditer, ou devons-nous proscrire
Leurs livres, leurs discours que l'homme instruit admire ?
De la philosophie écarter les écrits,
Serait anéantir quelques préeieux fruits ;
Mais il faut que le choix soit fait par la prudence ;
Elle doit séparer l'erreur de la science,
Nous diriger sans cesse, être notre gardien,
Puisque nous aspirons à ce souverain bien

Que nous demandons tous à cette providence
Qui régit l'univers soumis à sa puissance ;
Pouvoir dont les effets visibles et secrets ,
Soumettent les humains à d'éternels décrets.
Adorons ce pouvoir ; que l'homme s'humilie !
S'il nous faut parcourir le chemin de la vie
Au milieu des dangers , des ronces et des fleurs ,
Ne soyons pas du moins d'insensés voyageurs.
Pendant notre incertaine et rapide carrière ,
Dans la divine loi puisons cette lumière
Qui de l'esprit humain chasse l'obscurité ,
Aux mortels vertueux montre la vérité.
Nous pouvons allier les vertus magnanimes
Avec la foi chrétienne et les talens sublimes :
On ne peut s'égarer en suivant Massillon ,
L'illustre Bossuet , l'immortel Fénélon.
Lumière des chrétiens, leurs écrits nous consolent
Des biens que nous perdons, des maux qui nous désolent.
Dans ces écrits divins , esprit des saintes lois ,
Les hommes fortunés , les puissans et les Rois ,
Apprennent à verser la douce bienfaisance,
Les êtres malheureux y puisent l'espérance
Du céleste bonheur que la Divinité
Accorde à l'homme juste et plein de piété.

Voilà mes sentimens , mon ancien Mécène.
Adieu, vivez heureux, et brillez sur la scène
D'un monde bien connu pour être un peu trompeur ;
Mais vous saurez toujours y posséder l'honneur,
L'équité, les talens et l'estime publique,
Sans mériter jamais la sévère critique.

Par M. FLAMAND,
Ancien chef au Trésor-Royal.